Der Mann von Siykul

Richard Wilson

Writat

Diese Ausgabe erschien im Jahr 2023

- 2 -

ISBN: 9789359254975

Herausgegeben von
Writat
E-Mail: info@writat.com

DER MANN AUS SIYKUL

VON RICHARD WILSON

Myra Horn erwachte aus ihrem Nickerchen auf der Couch im Kontrollraum und sah ihren Mann an. Er beugte sich über das Simplimatic- 50-Tasten-Steuerpult ihrer eleganten Skypiercer -Weltraumrakete und spähte mit grimmiger Intensität durch das Sichtschild.

Myra verwandelte ihr unwillkürliches Lächeln in ein weibliches Stirnrunzeln, das seinen muskulösen Rücken betrachtete.

„Steve!" sagte sie scharf. „Wirst du aufhören, diesen Meteor zu jagen? Wirst du nie erwachsen werden?"

Steve Horn warf ihr über die Schulter einen Blick zu.

„Still, Liebling", grinste er. „ Papa ist im Geld."

Myra setzte sich auf und strich ihren Satin-Lederpullover glatt. Sie blickte erneut auf den Meteor, den sie verfolgten. „Was für eine lustige Farbe!" rief sie aus.

„Die Primärfarbe", sagte Steve. „Es ist eine fliegende Goldgrube. Ich denke, wir sind auf dem Vormarsch."

„Was wirst du tun, wenn du es eingeholt hast?"

„Lass es", antwortete ihr Mann. „In einer halben Stunde", er hielt eindrucksvoll inne, „werden wir Füllhorn sein."

Myra verzog hinter ihm das Gesicht. „Segne dein Herz, Liebling", sagte sie. „Wenn es einen anderen Mann gäbe, der näher als Jupiter wäre , würde ich mich von dir scheiden lassen."

„Ich bin hier Kapitän", sagte Steve Horn, „mit der Macht über Leben, Tod und Scheidung. So etwas werden Sie nicht tun. Schnappen Sie sich die Tastatur, während ich unserer Beute ein Bein stelle."

Myra ließ sich auf seinen Sitz fallen, während Steve zu einem kastenförmigen Gegenstand sprang, der auf einem Podest aus dem Boden ragte. Es handelte sich um eines der „optionalen Zubehörteile mit geringem Aufpreis", auf das Myra unbedingt verzichten konnte – ein Netaction -Funkgreifer, der eine magnetische Anziehungskraft auf Objekte in einer Entfernung von bis zu einer halben Meile ausüben konnte.

Myra verfiel in den Geist der Jagd. Sie beschleunigte ihr kleines Fahrzeug, bis sie sich in unmittelbarer Nähe des Meteors befanden.

„Gehen Sie ruhig“, riet Steve. „Gehen Sie nicht zu nahe heran. Sie könnten es beschädigen.“

Er legte einen Schalter am Funkgreifer um.

"Habe es!" er weinte einen Moment später triumphierend.

"Woher weißt du das?" forderte Myra. „Du kannst nicht mehr sehen als ich – und ich merke keinen Unterschied.“

„Versuchen Sie, langsamer zu fahren“, schlug Steve vor.

Myra hat den Motor abgeschaltet. Es herrschte eine Stille, die sie seit Beginn ihrer Reise zum Jupiter vor mehr als zwei Wochen nicht mehr erlebt hatten. Es wurde fast augenblicklich durch eine Reihe weniger tiefer, sonorer Stakkatostöße der Verzögerungsraketen im Bug des Schiffes unterbrochen.

„Du hast recht, Steve. Es gibt eindeutig einen Vorwärtswiderstand, der nicht durch den Schwung verursacht wird.“

„Natürlich habe ich recht.“

„Aber, Steve“, sagte Myra plötzlich, „das kann kein Gold sein. Seit wann wird Gold von einem Magneten angezogen?“

Er öffnete den Mund, um zu widersprechen, schloss ihn dann wieder und sah angewidert aus.

„Na ja“, sagte Myra nach einem Moment, „lass nicht los. Vielleicht können wir es als seltene Kuriosität an ein Jupitermuseum verkaufen . Wahrscheinlich Millionen wert!“

„Wahrscheinlich Eisenpyrit. Wahrscheinlich weniger als zwanzig Dollar wert. Pfah !“ Steve schnaubte ungeduldig. „Wir werfen es zurück. Wir haben keine Zeit, Museumsstücke durch das Sonnensystem zu schleppen, so wissenschaftlich wir auch sein mögen.“

"Okay!" Myra schmollte hübsch.

Steve schaltete die Greifanzeige auf „Aus“. Nichts ist passiert. Die abbremsenden Raketen feuerten vergeblich weiter ab. Der goldfarbene Meteor raste vor ihnen vorbei; Ihr Schiff folgte ihm unaufhaltsam.

"Was ist los?" fragte Myra. "Verändere Dein Denken?"

Steve starrte erstaunt auf den flüchtigen Meteor.

„Ich habe losgelassen“, sagte er. Er deutete auf den lautlosen Ringkampf. „Schau. Es ist tot.“

„Erzähl mir nicht ", schnurrte Myra sarkastisch, „dass du dich von einem kleinen Brocken Stein entführen lässt."

„Eine verdammt gute Sache", murmelte Steve. „Vielleicht habe ich zu viel Energie verbraucht. Vielleicht ist das Ding magnetisch aufgeladen."

„Und eine Anziehungskraft ausüben, die stark genug ist, um uns zu beeinflussen – eine halbe Meile entfernt?" Plötzlich taumelte das Schiff seitwärts. Myra richtete sich auf und rieb sich die schmerzende Nase. „Jetzt frage ich Sie: Ist das für einen ausgewachsenen Meteor eine Möglichkeit, sich zu verhalten?"

Steve erhob sich vom Boden, wohin ihn das plötzliche Ausweichen des Schiffes geschleudert hatte. Er gesellte sich zu seiner Frau am Schild. Der Meteor drehte und drehte sich wie ein verrücktes Ding. Der Skypiercer folgte in seinem magnetischen Griff hilflos dem verrückten Kurs.

Steve sah sehr weise aus. „Irgendwas stimmt nicht. Ich habe die Vermutung, dass es sich nicht um einen Meteor handelt."

"Hört hört!" applaudierte Myra. „Erstens ist es keine Goldmine. Jetzt ist es kein Meteor. Was wird es als nächstes nicht sein, mein tiefgründiger Ehemann?"

Steve ignorierte sie. Er schaltete die Verzögerungsraketen ab . „Sparen Sie auf jeden Fall Kraftstoff", sagte er.

Der Ton verstummte erneut.

Die Hörner sahen sich erstaunt an. Sie wurden langsamer! Der Meteor schwebte langsam durch den Weltraum – dann blieb er stehen.

„Alles", sagte Myra leise, „ist völlig durcheinander. Wo ist die Physik von gestern?"

Steve starrte mit offenem Mund auf das goldfarbene Stück Stein. „Kleine Dämonen!" er atmete. „Es dreht sich um. Es will Hallo sagen. Ist das nicht schön! Füllen Sie mir ein Handy, alter Hase, ich spüre, wie ein Krampf aufkommt."

Der „Meteor" beschrieb einen weiten Bogen, der ihn an die Seite des Horns-Schiffes brachte, das jetzt im Weltraum anhielt. Es umkreiste sie ein paar Mal; Dann blieb er stehen und hüpfte freundlich auf und ab.

„Es will spielen", sagte Steve müde. „Geh und gib ihm die Hand."

„Wenn es ein Schiff ist", sagte Myra praktisch, „hat es seine Tarnung sehr gut gemacht. Soweit ich sehen kann, gibt es keine Raketenrohre, Häfen oder Fahrwerke."

Ihr goldener Begleiter begann sich schnell zu drehen, wie ein Miniaturplanet. Darüber erschienen englische Schriftzeichen in Feuerlinien vor dem schwarzen Vorhang des Weltraums. Sie waren schlecht gemacht und falsch geschrieben, aber lesbar.

„GUD MORNIG“, sagten sie. „HALLO CQ UGH.“

„Ugh“, sagte Steve. Er legte die Hände vor die Augen und setzte sich. Er stöhnte: „Das“, sagte er, „ist zu viel.“

Als die Regierung im Jahr 2021 ein Bildungsministerium einrichtete, konsolidierte sie Hunderte von Hochschulen und Universitäten im ganzen Land und führte Roboterdozenten ein. Hunderte von Ausbildern blieben arbeitslos. Einer von ihnen war Stephen Horn, Professor für amerikanische Literatur.

Er hatte jedoch keine unmittelbaren Sorgen. Sein Gehalt hatte es ihm ermöglicht, genug zu sparen, um einige Jahre lang für sich und seine Frau zu sorgen. Myra Horn, besser bekannt als Myra Classon , war eine Romanautorin, deren Bücher große Aufmerksamkeit erregten – insbesondere in Steves Kursen für amerikanische Literatur, wo er sie schamlos zu einer der größten lebenden Autorinnen erklärte.

Nach einer Zeit der vergeblichen Suche nach einer anderen Professur in Amerika oder im Ausland kam Steve eines Tages mit einem rosafarbenen Raumkabel-Formular heimgekehrt. Es war an ihn gerichtet, der sich um seine alte Universität kümmerte, und lautete:

„DRINGENDE NOTWENDIGKEIT FÜR LIT PROF HIER GEHALT PHÄNOMENAL STOP WAS WARTEN SIE AUF LIEBE ZU MYRA

(Unterzeichnet) ART WILDER
UNIVERSITY OF JUPITER"

Art, Myra und Steve waren alte Freunde und hatten dasselbe College besucht. Doch als Steve und Myra heirateten, verschwand Art. Sie hörten drei Jahre lang nichts von ihm, bis eines Tages per raumgreifender Post eine Kopie von Arts Heimatzeitung eintraf, in der ein Artikel vermerkt war, in dem Wurtsboros einheimischer Sohn für seine erfolgreiche Gründung einer Universität in der boomenden Erdkolonie gelobt wurde Neue Stadt, Jupiter.

Das Ergebnis seiner Nachricht war, dass Steve nach mehreren weiteren Telegrammen losging und eine Raumrakete kaufte, die für Reisen zu hoch gelegenen und weit entfernten Orten wie dem fünften Planeten der Sonne voll ausgestattet war.

Die Horns hatten nicht mit einer ereignislosen Reise gerechnet, nachdem sie einmal einen Wochenendausflug zum Mond unternommen hatten. Myra hatte eine lebhafte Erinnerung an die Dinge, die ihnen damals widerfahren waren: Ereignisse wie den Umgang mit einem Pyromanen, einen unentschlossenen Selbstmörder, der in einem Raumanzug über Bord sprang, und einen verrückten Meuterer, der versucht hatte, ihre Hilfe zu gewinnen, um das zu überwinden Kapitän und baut mit den zweiunddreißig Passagieren an Bord eine anarchistische Utopie auf dem Mars auf.

Aber sie hatte nie damit gerechnet, einem sprechenden Meteor zu begegnen.

„Sollen wir es ignorieren?" sie fragte ihren Mann. „Oder sollen wir höflich sein und eine Weile plaudern?"

„Ich weiß nicht, was es damit auf sich hat", sagte Steve. „Wenn Sie mit jeder Unmöglichkeit Bekanntschaft machen wollen, liegt es an Ihnen."

Der Meteor wurde ungeduldig. Es begann wieder auf und ab zu schaukeln, wie ein Ballon, der in einer Luftströmung gefangen ist. Darüber erschienen im Weltraum weitere Buchstaben.

"HALLO?" es sagte. „EXTRA ENGLISCH WAS?"

„Okay, okay", beruhigte Myra. "Nur eine Minute."

Sie riss eine Seite aus einem Notizbuch und druckte etwas darauf. Sie hielt es an ein Bullauge.

Der Meteor kam näher, sodass er fast ihr Schiff berührte. Jetzt konnten sie winzige Hügel auf seiner Oberfläche sehen, etwa so groß wie Walnüsse.

„Meine Güte!" sagte Steve. „Es hat Augen. Wie …"

„Wie eine Kartoffel", beendete Myra.

Der Meteor prallte erneut ab und blieb einen Moment lang stehen.

"Was würdest du sagen?" fragte Steve.

„Ich sagte: ‚Ich bin eine verheiratete Frau. Aber bleib dabei.'"

„Gut", sagte Steve. „Es gibt nichts Besseres als eine kleine Komödie, um in spannungsgeladenen Momenten aufzumuntern. Was macht es jetzt?"

Der Meteor wirbelte wieder in emsiger Aufregung herum. Plötzlich hörte es auf. Eine weiße, klebrige Substanz begann herauszufließen. Während es wuchs, erstarrte es zu etwas, das an Milchglas erinnerte und eine riesige Blase bildete, die groß genug war, um mehrere Schiffe von der Größe der Horns zu umschließen.

An einer Stelle gab es eine große Öffnung. Die durchsichtige Blase schwebte auf sie zu. Bevor sie sich bewegen konnten , waren sie durch die Öffnung hineingegangen. Das Meteoritenschiff folgte ihnen, spritzte dann noch etwas von der Gelatinesubstanz aus und verschloss die Öffnung.

Eine Düse bohrte sich durch den Rumpf des goldenen Schiffes. Durch den Rumpf ihres Schiffes konnten sie ein zischendes Geräusch hören. Plötzlich hörte es auf. Die Düse wurde zurückgezogen.

Ihr Nachbar hüpfte wieder zu ihnen. Eines seiner „Augen" vergrößerte sich, bis es die Größe eines Basketballs hatte und transparent war. Weitere Feuerbuchstaben, jetzt viel kleiner, erschienen darin.

„LUFT", sagten sie. „ERDLUFT-SICHERE OFFENE TÜR."

Ein Teil des goldenen Schiffes fiel herunter. Darauf stand ein weniger als 60 cm großes Wesen, dessen Farbe tief bronzefarben war. Es hatte eine annähernd irdische Gestalt und stand auf einem dicken Glied, das zu seinem Körper wurde, ohne sich an dem, was man seine Hüften nennen könnte, zu verbreitern. Es endete unten in einem kugelförmigen Fuß und oben in einem formlosen, höckerigen Kopf, ohne Gesichtszüge, außer dass jede der Beulen ein Auge zu sein schien. Drei unterschiedlich große Arme mit jeweils unterschiedlichen Gelenken ragten von seinem Körper aus – einer direkt unter dem Kopf vorne, einer auf halber Höhe auf der linken Seite und einer an der Stelle, an der sich die Oberseite seines rechten Oberschenkels befinden sollte.

Es war ein durch und durch beunruhigendes Spektakel.

„Meine zweiköpfige Tante!" rief Steve. „Die Nebenschau ist in der Stadt."

„Keine Bemerkungen", sagte Myra. „Du solltest dich morgen früh sehen. Aber was werden wir dagegen tun?"

„Fragen Sie ihn zum Tee." Er drehte ein kleines Rädchen auf der Steuerplatine. „Ich werde die Daten in einer Minute haben. Vielleicht lügt der kleine Kerl nicht. Vielleicht ist Luft in der Blase."

„Temperatur 72°, Luftfeuchtigkeit 84 Prozent", verkündete Steve. „Morgen fair, mit langsam steigenden Lebensmittelpreisen."

„Lache und du lachst allein", sagte Myra. „Ich verstehe es nicht, aber lassen wir ihn rein?"

„Sicher. Vielleicht kann er Rommé spielen."

Steve trat auf das Pedal, das den Motor in der Luftschleuse startete. Das Schloss rumpelte langsam nach außen.

„Steve –“ Myras Stimme war etwas unsicher. „Vielleicht funktionieren die Instrumente nicht?“

Steve seufzte. „Ich mag die Art und Weise, wie du kurz *nach* der letzten Minute an diese Dinge denkst . Wenn das so wäre, wären wir inzwischen gefrorene Leichen. Die Tür steht offen. Es ist ein wenig schwül, aber das ist alles.“

Jetzt konnten sie den bronzenen Zwerg deutlicher sehen. Aus der Nähe sah er nicht einladender aus, da er breiter und schwerer war, als sie es sich vorgestellt hatten, aber was ihm an Aussehen fehlte, machte er durch Freundlichkeit wett. Er winkte ihnen einmal mit allen drei Armen zu, wie eine fröhliche Windmühle.

Steve winkte zurück. „Schöner Tag“, sagte er.

Die Kreatur hörte auf, ihnen zuzuwinken und gab seinem Schiff ein Zeichen . Es driftete lautlos näher, bis sich die beiden Schiffe berührten.

„Schau“, flüsterte Myra. „Er ist voller Flaum. Wie ein Pfirsich.“

„Schau", flüsterte Myra, „er ist voller Flaum, wie ein Pfirsich!"

Steve reckte seinen Hals, um auf ihren Besucher herabzublicken, der die Plattform ihres Schiffes betreten hatte und mit großem Interesse ihre Knie zu untersuchen schien.

Steve ging in die Hocke, bis er fast auf gleicher Höhe mit ihrem Gast war. Er streckte seine Hand aus. Der Wuschelige ließ es in einer seiner neugierigen dreifingrigen Hände überfließen und betrachtete es kritisch.

Er konnte nicht erkennen, ob er angeschaut und angehört wurde oder nicht. Die Augen der Kreatur waren über den mit Goldhaaren bedeckten Kopf verstreut. Ihre Pupillen waren haarartig und ähnelten denen eines Pferdes.

Ein tiefes Summen, das an- und abstieg und gelegentlich aufhörte, kam von dem Dreiarmigen. Es ging von keinem bestimmten Ort aus, sondern umgab ihn wie eine Aura.

„Kein Verstand", sagte Steve. „Komm schon. Ich will sehen, wie du gehst."

Er stand auf und trat zurück. Die Kreatur folgte ihr in einer mühelosen, gleitenden Bewegung. Er schien einen Ball in einer Fußpfanne zu haben, der ihm in Kombination mit einem feinen Gleichgewichtssinn eine wunderbare Beweglichkeit verlieh.

Abrupt drehte er sich um, machte einen kleinen Sprung zu seinem eigenen Fahrzeug und verschwand.

„Was halten Sie davon?" fragte Myra.

„Er hat sich gerade an eine frühere Verlobung erinnert", beruhigte Steve. „Was ist los, Liebling – eifersüchtig?"

Einen Augenblick später erschien die Kreatur wieder und trug eine schlichte schwarze Kiste mit einem Durchmesser von etwa 15 cm.

„Ich habe dir gesagt, dass er Rommé gespielt hat", sagte Steve. „Sehen Sie – er hat Chips mitgebracht."

Er stellte die Kiste auf den Boden und klappte den Deckel zurück. Im Inneren des Deckels befanden sich drei dünne Drähte, die in Knöpfen endeten. Er reichte Myra und Steve je eines und nahm selbst eines.

„Jetzt", sagte eine metallische Stimme, „werden wir uns verstehen können."

Die Hörner sahen einander an, dann das lebendige Stück Bronzeflaum. Zur gleichen Zeit, als die Stimme gesprochen hatte, war ein Summen zu hören, von dem sie annahmen, dass es seine Kommunikationsmethode sei. Steves Augenbrauen schossen fragend in die Höhe.

„Wirkt das Ding als Übersetzer?"

Während er sprach, ertönte ein Summen aus der Kiste.

„Genau", sagte die Kiste, während die Bronzebox summte.

„Erstaunlich", murmelte Myra. „Das sollte die selbstzündende Zigarette ersetzen. Apropos, wie wäre es mit einer? Wir werden Peachs Luft verbrennen, nicht unsere."

„Ich denke, wir brauchen beide einen", sagte Steve. Er reichte ihr eins und steckte sich eins in den Mund. Nachdem er vergeblich nach einem Mund auf

Peachy gesucht hatte, steckte er den Rucksack wieder in seine Tasche. Sie schnauften, und Rauch stieg aus dem Schein auf, der plötzlich am Ende war.

Peachy sah sie neugierig an.

„Erstens", sagte er, „mein Name ist nicht Peachy. Es ist WalmearFgon . Zweitens, was sind das?"

„Wal…" Steve verzog das Gesicht. „Bei Peachy lassen wir es sein. Zweitens sind das Zigaretten. Auch bekannt als Smokes, Fags, White Menace und Sargnägel. Sie verfärben Ihre Finger, verunreinigen die Atmosphäre, verbrauchen Sauerstoff, verursachen schlechten Atem und verkürzen deine Lebensspanne.

„Warum benutzt du sie dann?"

Steve zuckte mit den Schultern. „Ich spare Gutscheine."

Peachy sah ausdruckslos aus. Aber dann konnte Peachy nicht anders aussehen, also sagte Myra:

"Wo kommst du her?"

„ Siykul ." Er wedelte vage mit seinen beiden freien Armen. "Da drüben."

„Er meint, er sei ein Marsianer", erklärte Steve. „Nicht wahr, Peachy?"

„Nein", sagte er.

„ Venerianisch ?"

"NEIN."

„Merkurian, Jupiter, Saturnin, Platonisch?"

"NEIN."

"Oh." Steve sah ungläubig aus. "Sonnensystem?"

"Nicht dieser." Er zeigte darauf, diesmal genauer. „Das ist mein Zuhause. In deinen Worten heißt es Bungula , auf Centauri. Ich lebte auf dem zweiten Planeten, Siykul ."

„Freut mich, Sie kennenzulernen", sagte Myra. „Jetzt, da die Formalitäten erledigt sind, kommen wir zur Sache. Wem verdanken wir, wie wir sagen, die Freude an Ihrem Besuch?"

„Ich war auf einer Suche", sagte Peachy. „Ich bin durch mehrere Sonnensysteme gereist und habe nach zwei Versuchsobjekten gesucht. Alles, was ich besucht habe, fand ich jedoch viel zu intelligent für meine Zwecke. Jetzt habe ich endlich Erfolg."

„ *Was ?* ", sagte Steve.

„Stellen Sie sich vor", sagte Myra leise. „Dieser kleine, einbeinige, dreiarmige, kartoffelköpfige, nasenlose Flaumklumpen ist tausende Billionen Kilometer zurückgelegt, nur um uns zu beleidigen. Stellen Sie sich vor!"

Peachys Heimat, der zweite von fünf Planeten, die die Sonne umkreisten, Bungula , im Sternbild Centauri, war eine Welt von etwa der Größe des Mars, ähnelte aber in jeder anderen Hinsicht eher der Erde. Sieben Achtel seiner Oberfläche waren mit Wasser bedeckt. Die Atmosphäre, die sie atmeten, bestand im Wesentlichen aus Erdluft. Auf Siykul gab es zwei Kontinente , die auf gegenüberliegenden Seiten des Globus lagen, sowie kleinere Inseln, die hier und da im Meer verstreut waren. Die Pole waren das ganze Jahr über mit Eis bedeckt.

Siykul gab es zwei dominierende Rassen , eine auf jedem Kontinent. Laut Peachy war jeder begierig auf das Land des anderen. Seine Rasse war jung, brillant, fleißig und genial. Soweit er wusste, waren ihre Techniker, Erfinder und Mechaniker nirgendwo im Kosmos ihresgleichen.

Ihnen gehörten große Städte, Fabriken, See-, Land- und Luftschiffe. Die Gebäude erstreckten sich über Dutzende von Ebenen in den Himmel und noch einmal bis in die Erde. Ihre Rasse war reich an Mineralien und Rohstoffen und hatte eine kurze Vergangenheit, aber eine vielversprechende Zukunft.

Der andere Kontinent war jedoch erschreckend primitiv. Riesige Wälder und Dschungel erstreckten sich von einem Meer zum anderen. Über ihnen vorbeifliegende Flugzeuge konnten nur verstreute und weit voneinander entfernte Siedlungen erkennen, die möglicherweise Leben beherbergen könnten. Es gab hunderte Kilometer lange Strecken, auf denen keine Spur eines Lebewesens zu finden war. Die Bewohner, die man gelegentlich erblickte, waren riesige, rote, spinnenartige Wesen, offensichtlich sehr wild.

Steve und Myra unterbrachen Peachys Geschichte lange genug, um es sich auf Stühlen bequem zu machen und sich frische Zigaretten auszusuchen.

„Wie gewaltig sind diese Kreaturen etwa im Vergleich zu mir?" fragte Steve.

„Sie haben ungefähr deine Größe."

„Enorm", gab Steve zu dem kompakten Zweifüßler zu. "Mach weiter."

Peachy schien für keine andere Position als eine aufrechte Position geschaffen zu sein. Er legte sein Kommunikationskabel in eine andere Hand und fuhr fort:

Vor ein paar Jahren begann mein Volk zu begreifen, dass unser Kontinent nicht groß genug sein würde, um uns noch lange aufzunehmen. Wir nutzen bereits jeden verfügbaren Zentimeter Platz in unserem Land aus und wir müssen mehr Platz haben, sonst werden es viele unserer Leute tun." verhungern.

„Dadurch angespornt, bauten wir schnell eine kleine Flotte extraplanetarer Schiffe, um auf anderen Welten Wohnraum zu suchen. Die Flotte wurde nutzlos, als sie unsere Atmosphäre verließ, und die acht Schiffe stürzten ab. Aber wir hatten von unseren Fehlern profitiert und die nächste Flotte erfolgreich." navigierte durch die obere Luft.

Steve sah ungläubig aus. „Wollen Sie damit sagen, dass das die ersten Raumschiffe waren, die Sie jemals gebaut haben?"

„Ja", sagte der Siykulaner schlicht. „Wir hatten sie noch nie gebraucht."

Steve pfiff.

„Schau", sagte Myra. „Was war die Idee, für diesen Bewegungsspielraum durch das Sonnensystem zu rennen, wenn man auf dem anderen Kontinent alles hat, was man braucht?"

„Wir hatten keine Möglichkeit dorthin zu gelangen", sagte Peachy.

„Unsinn", sagte Steve, „du hast uns gerade von deinen Luftschiffen, Booten und wunderbaren Erfindungen erzählt –"

„Du verstehst es nicht", sagte ihr kleiner Gast geduldig. „Es gab keine *körperlichen* Schwierigkeiten. Wir hatten keine Probleme, über den Kontinent zu fliegen oder uns ihm vom Meer aus zu nähern. Aber in dem Moment, als wir versuchten zu landen, vom Meer oder aus der Luft, überholte uns die Katastrophe."

„Was für eine Katastrophe?" fragte Myra.

"Wahnsinn."

Von Zeit zu Zeit, so schien es, schickten die Siykulaner eine Expedition auf ihren Nachbarkontinent. Und hin und wieder – nicht so oft – kehrten ein oder zwei Mitglieder der Expedition zurück und plapperten wie verrückt von Monstern, Schwärze und Pochen in ihren Köpfen.

Sie hatten auf diese Weise einige ihrer besten Köpfe verloren, bevor sie aufgaben. Bis auf ein weiteres Experiment. Sie rüsteten ein ferngesteuertes Schiff mit einer Reihe von Tieren aus und schickten es auf den Nachbarkontinent, begleitet von einem Schiff, das von einem Siykulan höherer Ordnung bemannt war, der das Tierschiff leitete, ohne selbst nahe genug an den anderen Kontinent heranzukommen, um davon betroffen zu sein.

Das Tierschiff wurde gelandet, während das Kontrollschiff hoch oben schwebte, um Reaktionen zu beobachten. Nach einiger Zeit startete das erste Schiff und die beiden rasten zurück nach Siykul .

Zuvor durchgeführte Tests hatten gezeigt, dass Tiere durch unhörbare Musiknoten und durch wissenschaftlich induzierte Frustration verrückt gemacht werden können. Aber diese Tiere waren nicht davon betroffen, dass sie dem ausgesetzt waren, was auch immer ihre intelligenteren Nachbarn in die Idiotie getrieben hatte.

Daher wurde angenommen, dass die bösartige Aura, die über dem grünen Kontinent hing, nur das Gehirn beeinträchtigen konnte, möglicherweise weil die Aura elektrischer Natur war und das Gehirn auf irgendeine Weise durch Gedanken kurzschloss, was eine andere Form von Elektrizität ist.

Daher die Pilgerreise des kleinen Siykulan . Ausgestattet mit etwas, das man am besten als Brainmeter oder Intelligenztester bezeichnen könnte, war er in seinem goldenen Schiff durch die Weltraumrouten gereist, auf der Suche nach einer Rasse mit einem Mindestmaß an Intelligenz, aber nicht zu viel.

Steve drückte seine Zigarette aus.

„Es war eine sehr interessante Geschichte, Peachy“, sagte er, „wenn auch nicht sehr schmeichelhaft, aber es tut mir leid, dass wir dir keinen Gefallen tun können. Wir haben ein Date auf Jupiter.“

„Ja“, sagte Myra. „Es tut uns leid, Sie so vertreiben zu müssen, aber wir müssen uns gut verstehen. Schauen Sie jederzeit wieder bei uns vorbei, wenn Sie in der Nähe sind.“

Obwohl sich weder am Verhalten des Siykulan noch am Tonfall der Stimme, die von ihm durch die Blackbox drang, veränderte, kam er ihnen plötzlich streng und, so lächerlich es in seiner Größe auch schien, furchteinflößend vor.

„Sie müssen tun, was ich sage. Sie scheinen nicht zu begreifen, dass das Schicksal von fünfhundert Millionen Menschen auf Ihnen liegt …“

„… wie du“, sagte Myra verächtlich.

„Wie ich“, sagte Peachy stolz. „Sie verlassen sich auf mich, und ich werde sie nicht enttäuschen. Sie brauchen keine Angst davor zu haben, nicht entschädigt zu werden –“

„Es ist keine Entschädigung“, sagte Steve. „Ich weiß nicht, wie lange Sie leben, aber unsere beträgt ungefähr hundert Jahre, und wir sind nicht erpicht darauf, etwas davon auf einer Reise nach Centauri zu verschwenden.“

"Also!" sagte Peachy triumphierend, „da das Ihr einziger Einwand ist, werden Sie –"

„Das ist *nicht* unser einziger Einwand", sagte Myra, aber Peachy fuhr unerbittlich fort.

„… Sie werden froh sein zu erfahren, dass wir uns bereits in der Atmosphäre meines Planeten befinden."

„Sei nicht albern", sagte Steve. Dann unsicher: „Das geht nicht."

„Du wirst sehen", sagte Peachy. Er ließ seinen Draht fallen und glitt zu seinem eigenen Schiff. Einen Moment später kam er zurück und deutete mit einer hochtrabenden Handbewegung auf die undurchsichtige, glasartige Blase.

Während sie zusahen, schwankte es, wurde durchsichtig und verschwand dann.

Die Raumsonde der Horn und das Meteoritenschiff der Siykulan schwebten knapp zehn Meilen über einem fremden Planeten, von dem aus riesige Gebäude, soweit sie sehen konnten, wie gierige Finger nach ihnen reichten.

Steve Horn warf Zigarettenasche auf den Boden eines scheinbaren Zimmers in einem Siykulan- Hotel.

„Mir gefällt es kein bisschen", sagte er. „Es ist weniger die Verzögerung als vielmehr der Affront gegen unsere Geheimdienste."

„Ja, Liebling", beruhigte Myra. „Wir hätten ihnen unsere Diplome und Abschlüsse zeigen sollen. Oder sie zu einem Buchstabierwettbewerb herausfordern sollen!"

„Du bist nicht lustig", sagte ihr Mann. „Ist Ihnen klar, dass wir schon seit einer Woche in diesem Loch stecken? Ist Ihnen klar, dass Art Wilder und alle auf Jupiter und der Erde denken werden, wir seien tot?" Er stoppte. „Nicht, dass wir das nicht tun würden."

"Wie meinst du das?"

„Ich meine, wenn sie uns in eines ihrer Schiffe stecken, um diesen wahnsinnigen Aura-Kontinent zu erkunden und herauszufinden, was hinter all dem Geheimnis steckt, wären wir besser tot als verrückt."

Myra lachte. „Was für ein Ego Sie doch haben müssen, mein Mann. Das erlaubt Ihnen nicht zu glauben, dass es möglich ist, dass diese Pfirsichmenschen größere und bessere Gehirnströme haben als wir."

Eine Glocke ertönte und über der Tür ging ein blaues Licht an und aus.

„Mach es selbst auf“, schrie Steve gereizt. „Ich weiß nicht wie.“

Die Tür öffnete sich. Peachy trat ein.

Ihn begleitete ein rein zweckdienliches Robotergerät. Es war kopflos und bestand aus einem langen Stahlkörper, der an einem Ende in einem Kugelfuß und am anderen Ende in zwei dreigelenkigen Armen endete. Am Ende jedes Arms befand sich eine mörderisch aussehende Kugel mit Stacheln, die beide träge und bedrohlich an den Seiten des Dings hin und her schwangen.

Peachy winkte ihnen zu. Als sie zögerten, schlug der Roboter mit einem unangenehmen, klingelnden Geräusch mit seinen stacheligen Fäusten aufeinander und hob sie dann bedrohlich in die Luft.

Steve und Myra erbleichten und folgten Peachy demütig durch die Tür. Sie gingen nach draußen, folgten Peachy zu einem Raumschiff und traten ein.

Myra sah Steve ein wenig unsicher an.

„Widerstand wäre wohl zwecklos gewesen, nehme ich an?“

Steve versuchte es sich auf einem winzigen Sitzplatz in der Kabine bequem zu machen.

„Ich denke schon, wenn man bedenkt, dass unsere einzige Hoffnung, jemals zu unserem eigenen System zurückzukehren, darin besteht, mit diesen pelzigen Faschisten mitzuspielen. Es besteht vielleicht keine große Chance, dass wir bei dieser verrückten Expedition Erfolg haben, aber das Wichtigste ist, dass es welche gibt. “. Sich zu wehren, hätte vielleicht das Ego befriedigt, aber ich bezweifle, dass es diese Gangster davon überzeugt hätte, dass sie uns nach Hause schicken sollten.“

„Ich nehme an, du hast recht, Steve. Aber wie hoch sind deiner Meinung nach unsere Chancen auf diesem Weg?“

„Aus wissenschaftlicher Sicht geht es uns ziemlich gut. Hier rasen wir mit Gott weiß welcher Geschwindigkeit dahin, in dem vielleicht modernsten Schiff im Universum, und haben nichts anderes zu tun, als Knopf X zu drücken.“ Wenn wir am Punkt Q ankommen – was zum Teufel habe ich mit dieser Karte gemacht?“

„Es ist alles in Ordnung“, sagte Myra. "Ich habe es."

„–Und wir landen ohne viel Aufhebens oder Ärger. Bereitstellen…“ Ein besorgter Ausdruck schlich sich in Steves Gesicht.

„Vorausgesetzt, wir werden nicht verrückt“, ergänzte Myra.

„Wir müssen wirklich sehr viel Vertrauen in Peachys Theorie setzen, dass wir geistig minderwertig genug sind, um dem verrückten Strahl der

Spinnenmenschen zu entkommen. Dann verlangen sie nur noch, dass wir den Strahl außer Gefecht setzen oder ihnen zeigen, wie das geht." Sie können."

„Steve!" Myras Augen spiegelten Inspiration wider. „Warum fliehen wir nicht? Ich meine wirklich fliehen. Raus aus dieser ganzen Sache!"

„Du meinst außerhalb des Planeten?"

Myra nickte.

„Peachy zollte unserer angeblich mangelnden Intelligenz einen rührenden Tribut, indem er mich vor solchen Ideen warnte – zu unserem eigenen Wohl. Unser Treibstoff würde reichen, und unsere Nahrung könnte reichen, und vielleicht sogar wir, denn ohne Peachys Weltraumvernichter würde es Jahre dauern Das Einzige, was uns im Weg steht, ist die Tatsache, dass dieses Schiff nicht weltraumsicher ist. Es verliert Luft. Im Vergleich zu unserem Skypiercer ", klammerte sich Steve an einen Vergleich, „ist es wie ein Hotfoot im Vergleich zu einem Holocaust."

„Nun", Myra zuckte philosophisch mit den Schultern, „niemand kann sagen, dass Lady Horn jemals einen Stein auf dem anderen lässt."

„Wenn du aufgehört hast, deine eigenen zu blasen, Horn", sagte Steve rücksichtslos, „komm und sieh dir die Aussicht an. Da bekomme ich Heimweh."

<hr>

IV

Das winzige Schiff raste tausend Fuß über dem großen Ozean entlang, der Siykul von seinem Nachbarkontinent trennte. Es war nur eine geringe mentale Anstrengung nötig, um sich vorzustellen, wieder auf der Erde zu sein. Lange Wellen fegten über die tiefe, grüne Oberfläche. Es waren keine Wasserfahrzeuge zu sehen, aber gelegentlich brach ein riesiger Fisch durch die Oberfläche und zitterte in der Luft, während das Sonnenlicht auf den Wassertropfen glitzerte, die er von seinem Rücken schüttelte.

Meilen vor uns erschien Land, wie tiefhängende Wolken am Horizont. Zehn Flugminuten brachten sie über die Küste – einen breiten Strand, der sich über eine halbe Meile erstreckte und abrupt in einem Wald endete.

Der Wald schien endlos.

„Wir müssen hundert Meilen landeinwärts gegangen sein", sagte Myra. „Wann sollen wir diesen schicksalhaften Knopf drücken?"

„Punkt Q wird als große Prärie beschrieben. Wir sollten ihn jeden Moment erreichen."

„Was ist das da vorne?“

„Das scheint es zu sein“, sagte Steve.

Mit gekreuzten Fingern drückte er den Knopf. Das Schiff ging sofort in einen langen Gleitflug über. Der Boden hob sich schnell. Gerade als sie dachten, sie würden sicher abstürzen, hob sich automatisch die Nase und das Schiff kam schlitternd zum Stehen.

Steve stellte den Motor ab. „Letzter Halt“, sagte er.

Myra sah ihn genau an.

„Steve“, sagte sie. "Wie fühlen Sie sich?"

„Gut“, antwortete er. "Warum ängstlich?"

„Nein. Ich meine – sollten wir nicht … na ja, irgendwie betroffen sein?“

"Oh." Steve sah sie an und kratzte sich nachdenklich am Kopf. „Na ja, ich komme mir schon ein bisschen verrückt vor.“

"Wie?" Myra sah besorgt aus.

Steve grinste schelmisch. „Ich hätte Lust, dich zu küssen.“

Myra blähte vor gespielter Wut die Wangen und lächelte dann.

„Weißt du“, sagte sie, „mir geht es genauso.“

Sie sahen die beiden Kreaturen nicht, die außerhalb des Schiffes standen und sie durch die transparente Tür beobachteten.

Myras Augen öffneten sich. Sie blickte ihrem Mann über die Schulter.

„Steve“, flüsterte sie.

„ Mmmm ?“ sagte er verträumt.

„Erinnern Sie sich an Ihre amerikanische Geschichte? Apachen , Utes und Algonquins?“

„Du meinst die guten alten Zeiten, vor Raumschiffen und dem Maschinenzeitalter?“

„Ja. Und wir sind wieder dabei. Schauen Sie.“

Steve drehte sich um.

„Meine Güte!“ er sagte. „Indianer!“

Lange Zeit starrten sich die beiden Parteien regungslos an. Allmählich strahlten ihre Gesichter ein Lächeln aus, das höfliche Interesse der Eingeborenen und die Hörner der Erleichterung darüber, dass die

„Spinnenmenschen", wie Peachy sie beschrieb, einfach Menschen wie sie selbst waren.

Schließlich kamen die beiden draußen etwas näher. Der Ältere hob die Hand mit der Handfläche nach außen.

Steve, der hoffte, dass es Freundschaft bedeutete, tat dasselbe. Er öffnete die Tür des Schiffes.

Die Männer draußen waren etwa 1,80 Meter groß und hatten im hellen Sonnenschein des Planeten eine tiefe Kupferfarbe. Sie trugen Reithosen aus weichem Leder und Mokassins aus dem gleichen Material. Ihre Gesichter waren fein und intelligent, mit hohen Brauen und hervorstehenden Nasen. Der Ältere hatte einen Schopf steifer, grauweißer Haare, während die Haare des Jüngeren schwarz waren. Ihre Körper, selbst die des älteren Mannes, waren muskulös und sahen kraftvoll aus.

Steve und Myra sprangen zu Boden. Da nun die Möglichkeit, von riesigen roten Spinnen gefangen und umhüllt zu werden , ausgeschlossen war, besserte sich Steves Laune. Er wandte sich scherzhaft an den jüngeren Einheimischen:

„Du kennst doch nicht zufällig ein gutes Hotel hier in der Gegend, oder?"

Der junge Mann verstand offenbar den Tenor der Frage, denn sein Gesicht verzog sich zu einem Lächeln und er rasselte eine Reihe von Kehllauten in einer Rede herunter, die an etwas erinnerte, was Steve gehört hatte, aber nicht verständlicher war als die Stimme des Windes, der durch ihn hindurch rauschte die Bäume über ihnen.

Der Ältere der beiden hatte mehr Verstand als alle anderen. Offensichtlich war ihm klar, dass diese einseitigen Gespräche den ganzen Tag dauern könnten. Er bedeutete den anderen, ihm zu folgen.

Als Steve einen Blick auf das Schiff warf, zögerte er einen Moment. Dann erinnerte er sich an Peachy und seinen mechanischen Streitkolben. Er verzog das Gesicht des Abscheus, nahm Myras Arm und folgte ihr.

***

Um das Dorf herum gab es keine Mauern. Es begann abrupt in einem halb geräumten Raum, eine halbe Meile von der Stelle entfernt, an der ihr Schiff gelandet war. Im Vergleich zu den riesigen Bäumen, die es umgaben, wirkte es wie etwas, das ein begabtes Kind mit einem mechanischen Baukasten gebaut hätte.

Bei den Häusern handelte es sich größtenteils um Zwei- und Dreizimmerhäuser , einstöckig und quadratisch, alle aus grünem Stahl. Aus der Ferne verschmolz das Dorf perfekt mit dem umliegenden Wald und war aus der Luft unsichtbar.

Die Häuser waren nach keinem vorgefertigten Muster errichtet worden und verliehen der Szenerie einen angenehmen, willkürlichen Eindruck. Nirgends war ein Baum gefällt worden, um Platz für ein Haus zu schaffen. Hier teilten sich Natur und Mensch ein Waldparadies, wobei der Natur stets der Vorzug gegeben wurde.

Steve und Myra wurden zu einem der größeren Gebäude geführt, das aus einem riesigen Speisesaal mit Tischen und Stühlen aus dem gleichen grünen Stahl bestand, und hier bekamen sie Essen und Trinken, nicht unähnlich dem, was sie auf der Erde gekannt hatten. Myras leichte Bedenken hinsichtlich der Qualität des Essens wurden zerstreut, als ihre beiden Gastgeber sich zum Essen mit ihnen hinsetzten.

Am Ende des Essens war Steve etwas erstaunt, als die beiden die von ihm angebotenen Zigaretten annahmen und sie mit offensichtlichem Vergnügen rauchten.

Ein Rundgang durch das Dorf beeindruckte die Besucher mit der Leichtigkeit und Zufriedenheit, mit der diese einfachen Menschen lebten. Männer und Frauen arbeiteten in ihren Gärten oder saßen in den Türen ihrer Häuser und fertigten weiche Lederkleidung an, die ihre einzigen Kleidungsstücke zu sein schienen. Kinder spielten zwischen den Bäumen und in ihnen und kreischten vor jungem Gelächter. Viele der Menschen zeigten Neugier auf die Besucher, hielten sich aber respektvoll auf Distanz.

Ihre Gastgeber führten Steve und Myra zu einem winzigen Gebäude, das wie ein alter U-Bahn-Kiosk aussah. Ohne daran zu denken, auf der Hut zu sein, traten sie ein und waren überrascht, als der Boden unter ihnen einbrach.

„Meine astrale Tante!" rief Myra aus. "Ein Aufzug!"

"Warum nicht?" fragte Steve. „Jede Rasse, die Stahl herstellen kann, sollte in der Lage sein, einen Aufzug zu bauen."

Das Auto hielt nach einer langen Abfahrt an und die Gruppe betrat einen unterirdischen Raum mit hoher Decke, der voller eiliger Menschen und, was noch offensichtlicher war, Lärm war. Die Geräusche fieberhaft arbeitender Maschinen hallten in rhythmischen, ohrenbetäubenden Schlägen auf ihre Trommelfelle. Die riesigen Maschinen selbst waren durch große Gehäuse aus glasartigem Material zu sehen. Hier und da saßen Männer an mit Hebeln versehenen Schreibtischen und hatten offensichtlich die Kontrolle über die metallenen Prometheaner .

Ihre Führer führten sie schnell durch den großen Raum und durch einen Korridor am anderen Ende hinaus. Sie kamen an vielen solchen Räumen vorbei, die von der Halle abzweigten, aber keiner war so groß wie der erste.

Endlich kamen sie zu einer Plattform. Daneben befand sich ein Streifen aus sich langsam bewegendem Stahl. Daneben befand sich ein weiterer, der sich schneller bewegte. Es gab mehrere weitere, von denen sich jeder etwas schneller bewegte als sein Vorgänger, und der letzte, auf dem sich Sitze befanden, bewegte sich mit dreißig Meilen pro Stunde.

Vorsichtig gingen sie über diese Streifen und setzten sich in die Ledersitze. Jetzt sausten sie durch einen schwach beleuchteten Tunnel.

Steve und Myra beteiligten sich mit Interesse an all diesen Vorgängen, während in ihnen Fragen aufkamen. Sie machten einander viele Vermutungen, einige davon waren fantastisch. Im Großen und Ganzen hatten sie Spaß.

Steve schätzte, dass sie etwa fünf Meilen zurückgelegt hatten, als die Fahrstreifen um eine Kurve bogen und ihre Gastgeber ihnen signalisierten, dass sie aussteigen sollten. Sie gingen über die sich langsamer bewegenden Streifen auf eine andere Plattform und durch eine Tür.

Hinter der Tür befand sich ein breiter Korridor mit einer gewölbten Decke. Das Ganze war in einem schwachen Grün gehalten, ein Effekt, der dadurch erzielt wurde, dass der grüne Stahl, aus dem der Tunnel gebaut war, mit weißer Farbe bemalt wurde, was laut Steve eine leuchtende Qualität hatte, da das Licht offensichtlich von den Wänden selbst kam.

Als das leise Rumpeln der Transportbänder hinter ihnen verstummte, herrschte eine fast ehrfürchtige Stille auf ihrem Weg. Ihre Führer, die bisher ein angenehmes, gutturales Gespräch untereinander geführt hatten, wurden still, fast ernst. Ein Gefühl unerklärlicher Ehrfurcht überkam die Besucher.

Der Korridor erstreckte sich in einer geraden Linie vor uns, ohne eine Biegung, die seine Symmetrie beeinträchtigen könnte. Gerade als sie dachten, es würde endlos weitergehen, erschien am anderen Ende eine große Doppeltür. Es nahm die gesamte Breite und Höhe des Tunnels ein und bestand im Gegensatz dazu aus Holz, das überall mit komplizierten Mustern verziert war.

Als sie dazu kamen, klopfte der ältere Mann mit dem Handballen darauf. Die Echos des Geräusches hallten durch den Tunnel. Langsam schwang die Tür nach innen und gab den Blick auf einen schwach beleuchteten Raum frei, der sechs Meter hoch und etwa fünfzig Quadratmeter groß war . Ein dunkelroter Teppich bedeckte den Boden. An den Wänden standen schwere, bequem aussehende Sessel, und in der Mitte des Raumes stand ein riesiger Holztisch. Das Licht kam von einem verzierten Glaskronleuchter, der auf halber Höhe zwischen Boden und Decke hing.

Steve und Myra machten zwei unwillkürliche Schritte in den Raum und blieben stehen, um mehrere Minuten lang bewegungslos umherzustarren. Was sie so beeindruckte, war die außergewöhnliche Ähnlichkeit zwischen der Art und Weise, wie der Raum eingerichtet war, und einer auf der Erde.

Schließlich brach der Bann und fast gleichzeitig drehten sie sich um. Ihre Führer waren verschwunden. Sie konnten sie am anderen Ende des langen Korridors in Sichtweite sehen. Sie wollten gerade auf sie losgehen, als eine Stimme auf *Englisch sagte* :

„Willst du nicht reinkommen?"

V

Steve und Myra drehten sich beim Klang der Stimme um und traten automatisch in den Raum zurück. Erst ein paar Sekunden später wurde ihnen klar, was passiert war. Jemand hier, Lichtjahre von der Erde entfernt, hatte in ihrer eigenen Sprache mit ihnen gesprochen! Sie sahen sich erstaunt an und schauten sich dann nach dem Sprecher um.

„Ich bin hier", sagte die Stimme, „rechts von dir."

In diesem schwach beleuchteten Teil des Raumes erkannten sie die Gestalt eines alten Mannes, der in einem Stuhl mit hoher Rückenlehne saß und die Hände auf den Armlehnen ausgestreckt hatte.

„Bitte kommen Sie herein", sagte er.

Langsam gingen sie auf ihn zu. Er war ein sehr alter Mann mit tiefen Falten im Gesicht und an den Händen, und das weiße Haar war sorgfältig aus der intelligenten Stirn gekämmt. Er hatte eine merkwürdige Unbeweglichkeit an sich, die ihnen fast Angst einjagte, aber sein Blick war freundlich.

Steve und Myra setzten sich. Eine Minute lang herrschte Stille. Dann:

„Ich bin sehr weise", sagte der alte Mann plötzlich.

Steve konnte sich nicht helfen und kicherte. Myra sah ihn vorwurfsvoll an.

„Du darfst mich nicht auslachen", sagte der alte Mann. „Ich weiß viel. Was ich sage, ist wahr. Daran musst du dich erinnern. Und wenn du geduldig bist und mir Humor gibst, werde ich dir sagen, wo du stehst und wie du entstanden bist."

hierher gekommen sind ", korrigierte Steve.

„Du darfst mich auch nicht unterbrechen", sagte der alte Mann gereizt. „Ich meine, was ich sage. Ich werde dir erzählen, wie du angefangen hast und wie du mit mir verwandt bist und viele andere triviale Dinge, wie zum Beispiel, wie du hier weggehen wirst, wenn du dich entschieden hast zu gehen."

„Wir waren auf dem Weg nach Jupiter", sagte Myra, „als wir entführt wurden. Steve wollte dort am College unterrichten."

„Es ist eine gute Sache zu lehren", sagte der alte Mann. „Natürlich weiß man sehr wenig, aber es ist bewundernswert, diejenigen zu unterrichten, die weniger wissen. Ich war schon immer Lehrer ..." Er verstummte.

„Was genau meinst du mit ‚immer'", fragte Steve, „solange wir unhöflich zueinander sind. Wie alt bist du?"

"Wer weiß?" antwortete der alte Mann langsam. „Hunderttausende von Jahren."

Myra jaulte leicht.

„Steve", keuchte sie. „Seine Lippen bewegen sich nicht!"

Der Alte nahm dies mit Gelassenheit hin.

„Stimmt", sagte er. „Weil sie nicht mir gehören. Zumindest nicht mehr. Sie sehen, mein wahres Ich ist hier oben, in diesem Bottich. Ich bin nur ein Gehirn. Das Ding, mit dem Sie gesprochen haben, ist nur eine Leiche. Ich hoffe es macht dir nichts aus.

Myra schauderte.

„Es ist alles in Ordnung", fuhr die Stimme fort. „Es ist hygienisch. Sie haben die beste Einbalsamierungsflüssigkeit verwendet."

„Wie kommt es, dass du Englisch sprichst?" fragte Steve.

„Das tue ich nicht", sagte die Stimme. „Man könnte genauso gut fragen, warum Menschen Musik verstehen, die von Menschen geschrieben wurde, die verschiedene Sprachen sprechen. Ich spreche nicht, ich denke laut, wenn Sie mir die Redewendung verzeihen. Musik und Denken sind universell."

„Jetzt erzähle ich Ihnen eine Geschichte. Vor vielen Millionen Jahren gab es einen großen Planeten, den größten im Universum. Auf ihm wurde eine Rasse von Genies gezüchtet. Geistig war der Planet ideal; körperlich war er weniger glücklich. Unser Die Sonne war im Begriff, sich in eine Nova zu verwandeln. Infolgedessen kam der Tag, an dem unsere Wissenschaftler gezwungen waren, ihre Leute zu warnen, dass sie den Planeten verlassen müssten, bevor er zu Asche verbrannte.

„Es gab einen Wissenschaftler, der berühmter war als die anderen, und das aus gutem Grund. Er hatte den sogenannten Gionenstrahl *isoliert* , *der* die Eigenschaft hatte, eine Substanz in ihre Atombestandteile zu zerlegen und sie überall hin zu schicken." gerichtet.

„Um die Geschichte einfacher zu erzählen, gebe ich zu, dass ich dieser Wissenschaftler war und dass mein Name Gion ist , wie Sie mich nennen dürfen, wenn Sie das können, ohne mich zu unterbrechen."

Er hielt einen Moment inne, als würde er seine Erinnerungen sammeln.

„Unsere Wissenschaftler durchsuchten das Universum mit ihren Instrumenten auf der Suche nach einem anderen Planeten. Schließlich wurde dieser gefunden. Aber er war zu weit entfernt, als dass er mit den veralteten Raumschiffen, die wir damals hatten, innerhalb eines Lebens erreicht werden konnte. Es gab nur eine Methode: der *Gionenstrahl* .

„Selbst diese Methode war nicht völlig zufriedenstellend, da für den Transport hierher eine enorme Kraft erforderlich wäre und wir nicht für mehr als eine Lieferung Treibstoff hatten. Daher war es notwendig, eine sorgfältige Auswahl derjenigen zu treffen, die gehen sollten und was sie tun sollten mitnehmen sollten.

„Etwa dreihundert wurden ausgewählt – zweihundert Frauen und hundert Männer, alle unverheiratet und alle etwa zwanzig. Der Schwerpunkt lag auf Menschen und nicht auf Ausrüstung, daher wurden nur bestimmte chirurgische Hilfsmittel mitgenommen."

„Es wurde beschlossen, dass ein Meisterwissenschaftler, unabhängig von seinem Alter, als Führer und Berater für die neue Rasse fungieren sollte. Ich wurde ausgewählt, und es war eine sehr schlechte Wahl. Sehen Sie, ich starb an Krebs Ich habe damals natürlich protestiert, aber sie haben sich nicht darum gekümmert. Stattdessen haben sie mich getötet."

„ *Was?* ", keuchte Myra.

„Genau", sagte Gion . „Sie haben meinen Körper getötet und mein kluges altes Gehirn in dieser Glasvitrine eingesperrt. Glaubst du es – manchmal langweile ich mich."

Steve lachte. „Wissen Sie, Herr Gion , Sie sind großartig. Sagen Sie mir, ist Ihre Gruppe jemals hier angekommen?"

„ Nein , ich erzähle dir von den haarigen Leuten", sagte Gion vorwurfsvoll. „Nachdem wir unser Dorf aufgebaut hatten und die Dinge gut liefen, trafen wir die Menschen, die auf dem Planeten lebten, lange bevor wir ankamen. Diese pfirsichfarbenen Schurken, die ihr bereits kennengelernt habt.

Diebesbande. Sie kamen immer vorbei Sie stahlen uns nachts und stahlen alles, was ihnen in die Finger kam. Außerdem wachten sie stundenlang, während wir arbeiteten, und ahmten später nach, was wir taten. Es dauerte nicht lange, bis sie sich von dummen Tieren zu bösartig intelligenten Kreaturen entwickelten. Natürlich mussten wir es bekommen Sie loswerden.

„Wir haben sie zum Meer getrieben. Wie wir erwartet hatten, haben sie uns einen bösen Streich gespielt. Sie haben eines unserer Schiffe gestohlen und sind über den Ozean geflohen. Seitdem werden sie immer heller und brüten wie Kaninchen. Bisher haben sie ihren Kontinent überrannt und wollen unseren. Natürlich mussten wir Maßnahmen ergreifen.“

„ Sie haben also Ihren Kontinent mit einem Feld des Wahnsinns umgeben, das Vibrationen erzeugt, um sie zum Geplapper zurück zu schicken?“ fragte Steve.

Die Stimme lachte. „Haben sie euch das gesagt? Verrückte Biester – so etwas haben wir nicht getan. Das wäre zu aufwändig, zu teuer und – nun ja, unmöglich. Unsere Verteidigung ist viel einfacher. Wir ließen sie einfach landen und aus ihren Schiffen aussteigen …“ Dann vernichten wir sie mit unserem Wahnsinnsstrahl. Und da wir nicht wollen, dass irgendwelche idiotischen Ausländer in unseren Wäldern herumlaufen, packen wir sie wieder in ihre Schiffe und erschießen sie nach Hause. Da ist nichts dabei.

Gion hielt inne. Myra, die auf einen günstigen Moment gewartet hatte, sagte:

„Ich dachte, du würdest uns erzählen, wie *wir* angefangen haben?“

„Das bin ich. Das bin ich“, sagte er. „Unsere neue Zivilisation war etwa ein Jahrhundert alt, als wir anfingen, Nachrichten von weit draußen im Weltraum zu empfangen. Sie kamen von einem Schiff, das kurz vor der Explosion von unserem alten Planeten gestartet war und von einer unerschrockenen Gruppe von Menschen bemannt war, die das wussten.“ Sie würden es nie schaffen, ein anderes Land zu erreichen, aber sie hofften, dass ihre Kinder es schaffen würden.

„Die Nachrichten waren erbärmlich. Sie stammten vom einzigen Überlebenden der ursprünglichen Reisenden, der sagte, dass ihre Kinder gegen die strenge Disziplin, die er aufrechtzuerhalten versuchte, rebelliert hätten und dass das Schiff in einem Zustand des Chaos sei. Nur die Tatsache, dass er hatte den Maschinenraum gegen sie abgedichtet, hatte sie daran gehindert, die Kontrollen zu erreichen und sich selbst zu zerstören. Trägheit hielt das Schiff auf Kurs.

„Weitere Nachrichten dieses alten Mannes erreichten uns, die besagten, dass die Rebellen praktisch zu wilden Tieren geworden seien und in einem Zustand unbeschreiblichen Drecks lebten. Unsere Aufzeichnungen zeigen, dass das Schiff eure Erde erst sechzig Jahre später erreichte, das könnt ihr also Stellen Sie sich vor, in welchem Zustand seine Passagiere waren, als es schließlich landete. Und das waren Ihre Vorfahren.

„Ein hübsches Bild", verzog das Gesicht von Steve. Es herrschte einen Moment Stille. Dann sagte er: „Warum lebst du unter der Erde oder arbeitest du hier unten? Ist das nicht unpraktisch?"

„Im Gegenteil", erklärte Gion , „es ist sehr praktisch. Sehen Sie, wir sind ein friedliebendes Volk. Wir mögen keinen Ärger und wir glauben nicht daran, Krieg zu führen, um künftigen Ärger zu vermeiden." Deshalb bauen wir alle unsere Fabriken unter der Erde, damit die haarigen Menschen sie nicht jederzeit in die Luft jagen können, indem sie darüberfliegen und Bomben abwerfen. Ein weiterer Grund ist, dass wir den Wald mögen und glauben, dass er für unsere Kinder gesund ist Dort aufwachsen. Wir bauen keine Städte, um dem potenziellen Feind – Mensch oder Bakterium, was auch immer es sein mag – zur Zielscheibe zu machen, sondern versuchen, in möglichst enger Zusammenarbeit mit der Natur zu leben. Ist das sinnvoll?"

„Das macht absolut Sinn", stimmte Myra zu. Steve nickte.

„Und jetzt", sagte Gion , „wenn ich Ihre Gedanken richtig gelesen habe, möchten Sie diesem geschwätzigen alten Mann entfliehen und noch etwas mehr von unserem Land sehen, bevor Sie Ihre unterbrochene Reise zum Jupiter fortsetzen."

***

VI

Was wie eine lange, flache Wiese aussah, war in Wirklichkeit direkt unter der Oberfläche ein Notflughafen, der anstelle der Rollstühle oder der unterirdischen Güterbahn genutzt wurde, wenn es auf Geschwindigkeit ankam. Selten genutzt, aber immer in Bereitschaft, herrschte im Hafen nun reges Treiben, als das Dach aus künstlichem Gras zurückrollte und den Blick auf ein prächtiges grünes Raumschiff freigab, das auf den Startbahnen wartete.

Der Bau des Schiffs war so einfach, dass weniger als eine Stunde intensiver Einweisung durch Gion an einer im unterirdischen Raum aufgestellten Modellsteuertafel ausreichte, um ihn perfekt mit der Steuerung des Fahrzeugs vertraut zu machen.

Der Gedanke, dass er und Myra im Begriff waren, eine Reise in einem Schiff zu unternehmen, das so schnell war, dass sie in einem unschätzbar entfernten Sonnensystem auf dem Jupiter ankommen würden, machte ihm fast Angst, fast so schnell, wie sie es in ihrem Skypiercer getan hätten, wenn sie nicht dort gewesen wären unterbrochen von Peachy.

Endlich war alles bereit. Steve und Myra winkten den Menschen, die sie in so kurzer Zeit als Freunde kennengelernt hatten, zum Abschied und schlossen sich im Schiff ein.

Steve konsultierte eine Sekunde lang die Karten, dann schickte er das Schiff in einen geräuschlosen Start, der bald das Feld weit unten verließ und sich bereits wieder in eine grüne Wiese verwandelte. Er befolgte seine Anweisungen sorgfältig und hielt das Schiff auf einer moderaten Geschwindigkeit, um zu warten, bis die Anziehungskraft des Planeten nachgelassen hatte, bevor er mit der fast unglaublichen Beschleunigung begann, zu der das Schiff fähig war.

Myra saß einen Moment in Gedanken da, dann: „Steve", sagte sie, „ich möchte nicht skeptisch wirken, aber steht Gions Theorie über den Beginn des Menschen auf der Erde nicht in gewissem Widerspruch zu unserer altehrwürdigen Theorie von?" Evolution? Affen und Menschen aus derselben Quelle und so weiter?"

„Nicht ganz", sagte Steve. „Die Beweise scheinen darauf hinzudeuten, dass diese Flüchtlinge der dritten Generation vor einigen Jahren in Nordamerika gelandet sind und die Indianervölker gegründet haben. Das ist die einzig haltbare Erklärung für die Herkunft der Indianer, die ich je gehört habe."

Hinter ihnen wurde der Planet immer kleiner.

„Wenn sie nur nicht gegen die Disziplin meutert hätten, hätten die Indianer mit ihrem fortgeschrittenen Wissen wahrscheinlich Europa entdeckt, lange bevor Kolumbus – oder Lief Erickson – den Atlantik überquerten . Ihre Kultur, wenn sie sie beibehalten hätten, wäre vielleicht eine gewesen bessere Anreize für die europäische Entwicklung als sie selbst –"

„ Brrr !" Myra zitterte plötzlich. „Mir wird unheimlich, wenn ich daran denke, mit einer Leiche zu reden."

Steve Horn kicherte. „Beschuldigen Sie mich nie wieder, dass ich tot bin", sagte er spöttisch. „Wenigstens kann ich aufstehen und herumlaufen."

Er legte den Antriebsregler um und schickte das grüne Raumschiff an einem vorbeifliegenden Meteor vorbei. Er drehte das Schiff erneut in einem engen Kreis und war begeistert von der Kraftwelle, die durch die leichte Berührung seiner Hand auf den Kontrollen freigesetzt wurde, und lachte dann laut über Myras ekstatischen Alarmschrei.

„Still, Kleinkind", sagte er, „ich übe gerade für den Zeitpunkt, an dem ich die Rechte zum Bau identischer Schiffe verkaufe. Junge, werden die Schekel jemals einfließen?"

Myra steckte eine lose Haarsträhne ein, beugte sich vor und küsste Steve auf das rechte Ohrläppchen. Er wand sich, zappelte, brachte das Schiff durch eine unbeabsichtigte Bewegung seiner Hand vom Kurs ab, knurrte spielerisch und ließ das Schiff dann unkontrolliert weiterfahren, während er im Gegenzug das Ohr seiner Frau küsste.

„Steve, Pulleeze !" Sagte Myra schwach.

„Was hast du über die Indianer gesagt, Liebes?" fragte sie schließlich.

„Siehe, der arme Indianer"', zitierte Steve falsch, „er ist den Weg von allen gegangen – *Verdammt!* " Seine Worte wurden durch das plötzliche Ruckeln des Schiffes unterbrochen.

Myra runzelte die Stirn. „Vielleicht haben diese Indianer das Ding nicht so gut gebaut", sagte sie besorgt. „Denken Sie daran, dass Peachy gesagt hat, dass die ersten paar von seinem Volk gebauten Schiffe nicht fliegen würden. Es wäre nur unser Glück, wenn wir versuchen würden, mit einem experimentellen Auftrag zurück zum Jupiter zu fliegen."

Steve rüttelte an den Bedienelementen.

„Etwas hat uns gepackt", sagte er. „Etwas hat einfach die Hand ausgestreckt und uns aus der Bahn geworfen – versucht, uns zurückzuhalten."

„Ich glaube es nicht", sagte Myra. "Du bist nur-"

Das Schiff schwankte zur Seite und bockte dann spielerisch wie eine Forelle, die an der Leine eines Fischers reitet.

"Pfui!" sagte Steve schwach und bemühte sich, seinen Körper wieder in seinen Sitz zu ziehen.

„Steve, ich habe Angst!" Myra jammerte.

"Unsinn!" Sagte Steve entschieden. „Es gibt nichts, was man dafür verantwortlich macht, Afra zu sein –"

Plötzlich begann das Schiff wie verrückt zu schwanken, wie eine Ratte, die in den Zähnen eines Terriers geschüttelt wird. Steve und Myra wurden zu Boden geworfen. Als sie unsicher auf den Weg zu einem Fenster gingen, sahen sie ein kleines goldenes Meteoritenschiff, das der Anfang all ihrer Schwierigkeiten gewesen war. Offensichtlich waren sie in seinem Magnetfeld gefangen. Steve versuchte zu beschleunigen, aber sie konnten nicht entkommen.

Myra brach in hilflose Tränen aus. „Oh, Steve, das ist zu viel. Wir *können nicht* noch einmal dorthin zurückkehren."

„Verdammte Pfirsichwesen!" sagte Steve. „Gerade als ich dachte, wir würden sie nie wieder sehen."

Wieder erschienen Feuerbuchstaben über dem kleinen goldenen Schiff. „RÜCKKEHR", sagten sie einfach.

„Du wirst es nicht tun?" fragte Myra.

„Es hat keinen Sinn, getötet zu werden." Steve zuckte angewidert mit den Schultern.

Er wollte gerade den Kurs des Schiffes umkehren, als eine lange, schlangenartige Flamme vom Planeten unter ihm aufstieg und ein bedrohliches Grollen auslöste, das durch den Rumpf des Schiffes zu spüren war.

Das goldene Schiff sah es kommen und versuchte zu fliehen, aber der Flammenhieb folgte seinem hektischen Ausweichen unaufhaltsam. Plötzlich richtete es sich wie eine schlagende Schlange auf. Seine Spitze berührte das Meteoritenschiff. Es gab einen augenblendenden Blitz.

Als sie wieder sehen konnten, war nichts zu sehen außer dem Planeten unter ihnen, der auf der bewaldeten Hälfte seiner Oberfläche, die sich ihnen zuwandte, ruhig und friedlich aussah. Von dem angreifenden Schiff oder dem Instrument seines Untergangs war nichts zu sehen.

Steve Horn blickte ein letztes Mal auf den Planeten, bevor er wieder auf den Kontrollsitz kletterte. Er wischte sich mit einer selbstbewussten Geste über die Augen.

„Danke", sagte er.

Und schaltete den Fernlichtstrahl ein, der sie nach Hause schicken sollte.

www.ingramcontent.com/pod-product-compliance
Lightning Source LLC
LaVergne TN
LVHW041810190726
843493LV00009B/2864